ELIANA MARTINS

JOGO DURO

ilustrações de VERIDIANA SCARPELLI

© EDITORA DO BRASIL S.A., 2015
TODOS OS DIREITOS RESERVADOS
Texto © ELIANA MARTINS
Ilustrações © VERIDIANA SCARPELLI

Direção-geral: VICENTE TORTAMANO AVANSO
Direção adjunta: MARIA LUCIA KERR CAVALCANTE DE QUEIROZ

Direção editorial: CIBELE MENDES CURTO SANTOS
Gerência editorial: FELIPE RAMOS POLETTI
Supervisão de arte e editoração: ADELAIDE CAROLINA CERUTTI
Supervisão de controle de processos editoriais: MARTA DIAS PORTERO
Supervisão de direitos autorais: MARILISA BERTOLONE MENDES
Supervisão de revisão: DORA HELENA FERES

Coordenação editorial: GILSANDRO VIEIRA SALES
Assistência editorial: PAULO FUZINELLI
Auxílio editorial: ALINE SÁ MARTINS
Coordenação de arte: MARIA APARECIDA ALVES
Produção de arte: OBÁ EDITORIAL
  Edição: MAYARA MENEZES DO MOINHO
  Projeto gráfico: CAROL OHASHI
  Editoração eletrônica: RICARDO PASCHOALATO
Coordenação de revisão: OTACILIO PALARETI
Revisão: EQUIPE EBSA
Coordenação de produção CPE: LEILA P. JUNGSTEDT
Controle de processos editoriais: EQUIPE CPE

Dados Internacionais de Catalogação na Publicação (CIP)
(Câmara Brasileira do Livro, SP, Brasil)

Martins, Eliana
  Jogo duro/Eliana Martins; ilustrações de Veridiana Scarpelli.
- São Paulo: Editora do Brasil, 2015. – (Série Todaprosa)
  ISBN 978-85-10-06021-9
  1. Literatura juvenil I. Scarpelli, Veridiana. II. Título. III. Série.
  15-05948   CDD-028.5

Índice para catálogo sistemático:
1. Literatura juvenil   028.5

1ª edição / 5ª impressão, 2020
Impresso na Serzegraf Ind. Editora Gráfica Ltda.

Rua Conselheiro Nébias, 887
São Paulo, SP – CEP: 01203-001
Fone: +55 11 3226-0211
www.editoradobrasil.com.br

**PARA ELSA MARIA,
PRIMA MUITO QUERIDA.**

ERA UM SÁBADO. O EDIFÍCIO SE AGITAVA. ANTES MESMO DAS 9 HORAS UM CAMINHÃO COM MESAS, CADEIRAS E ENFEITES COMEÇOU A DESCARREGAR, NO SALÃO DE FESTAS. O CHE

UM

Era um sábado. O edifício se agitava.

Antes mesmo das 9 horas, um caminhão com mesas, cadeiras e enfeites começou a descarregar no salão de festas.

O Chico apareceu em casa de mau humor. Empreguinho besta o de zelador, ele resmungou.

A Rosinha perguntou por quê.

O marido foi reclamando que os donos dos apartamentos pensavam que podiam fazer o que bem entendiam. Mandavam estacionar caminhão na porta, antes da hora escrita no estatuto do prédio, para descarregar coisa; depois era ele que ouvia do síndico.

A Rosinha, calma como sempre, ofereceu uma xícara de café pro marido resmunguento. Disse que já passava das 9 e ele não ia mais levar bronca. Era o dia da festa da filha do doutor Machado.

O Chico deu de ombros, pelando a língua com o café. Disse que não era da conta dele. Que também fazia aniversário e ninguém dava pra ele nem um miolo de pão amassado. E olha que a Rosinha sempre dava presente de aniversário pro mal-agradecido.

Mas como a Hilda, que nessa altura só tinha 2 anos, chorava no quarto, a Rosinha deixou o marido falando sozinho.

Ele terminou o café e quando já ia abrindo a porta pra voltar ao seu posto, na guarita do prédio, o Nildo apareceu e cumprimentou:

– E aí, pai?

O Chico olhou torto. Disse que aquilo não era jeito de falar. Que na terra dele não era assim. Tinha que beijar a mão do pai. E não se acordava naquelas horas da manhã, não.

O menino já estava na cozinha e ele falando, falando. Não entendia que o tempo era outro.

O Nildo sonhava ser agrônomo. Adorava a terra. Mas o pai dizia que ele era burro xucro, empacado no sexto ano, que não iria dar pra nada.

A Rosa apareceu na cozinha, com a Hilda no colo. Ficou espantada por ver o filho acordado, já que era sábado e não tinha aula.

Com os olhos vidrados na janelinha da cozinha, o Nildinho resmungou:

– Queria dançar com ela.

A mãe abraçou o filho, que pareceu acordar de novo. Perguntou o que ele tinha dito. O menino desconversou e disse que estava pensando alto.

Mas ela bem que tinha entendido o desejo dele. Disse que era tão bonito quanto os outros meninos convidados pro aniversário da Marina. E sabia dançar como ninguém.

A Hilda voltou a chorar. A Rosinha apressou a mamadeira e disse assim pro filho:

– Senta, Nildinho, que a mãe já prepara um café bem gostoso pra você também.

Mas ele voltou a olhar o movimento da festa e a resmungar, meio desanimado:

– Não quero, mãe. Não quero café e muito menos dançar.

DOIS

O dia da festa passou em marcha lenta.

O Nildo não sabia se ia ou não ia. Mas foi. Depois contou que a Marina estava linda no seu vestido de aniversário.

Quando ela apareceu no salão do prédio, os olhos do menino brilharam mais. Até ali, achava que só tinha sido convidado por educação; porque morava no condomínio. Mas quando a Marina bateu os olhos nele, abriu um sorriso tão grande que, finalmente, o Nildo se convenceu: tinha sido convidado porque era amigo dela.

Feliz da vida, a menina abraçou e beijou um por um. Quando chegou a vez do Nildinho, o coração dele acelerou. Era menino criativo e falador, mas tinha certas coisas que faziam ele ficar mudo de vergonha. Estar ao lado da Marina era uma delas.

E sempre tem algum abusado que passa dos limites, só pra arreliar. O Xande era um desses. Morava no mesmo edifício e também gostava da Marina. Sempre que via o Nildo, falava assim:

– Tá perdendo o pagodão na laje do Gonzaga, hein, Nildão? – porque sabia que ele odiava.

Seus colegas do Osvaldão, escola pública onde estudava desde pequeno, viviam fazendo festas na laje das suas casas. Mas o Nildo nunca ia. Sempre pensei que era porque ele não fumava. Vê lá se menino de 13 anos tem que fumar! Também podia ser porque não gostava de pagode nem de *funk*.

Enquanto a maioria dos colegas assistia às aulas por obrigação, o Nildo queria aprender.

Não fazia muito tempo, tinha entrado no Osvaldão um colega parecido com ele. Bom aluno, assistidor de filmes e leitor de livros de aventuras.

O Nildo tomou gosto pela escola. As notas aumentaram que só vendo!

Os dois amigos não se largavam. E não é que começou a correr o boato de que eles namoravam!?

Mas uma coisa é certa: o Nildo sabe o que quer. Não deu bola pro falatório e continuou sua vidinha; até que a família do amigo, que tinha vindo do interior, decidiu voltar pra lá.

Deu um nó na cabeça do Nildinho, coitado. As notas despencaram de novo e ele repetiu o sexto ano.

Quando voltou pro colégio, no ano seguinte, o amigo tinha ido embora, mas o falatório não. Por que as pessoas tinham tanto prazer em imaginar coisas da vida dos outros, dar como verdades e passar adiante? Será que todo mundo tinha que ser igual? O Nildo era diferente. Preferia ler em vez de jogar futebol, ouvir músicas de filmes em vez de *funk*. Ser assim era errado? Era só mulher que gostava disso? Homem não?

Aquele ano de escola foi de trancos e barrancos. Mas o Nildo, que não era menino de desistir, acabou passando pro sétimo ano.

Às vezes, pensava que seu pai é que estava certo. Ele era um burro xucro.

O Nildinho nunca tinha comentado em casa por que odiava estudar no Osvaldão, nem por que não se dava bem com os colegas.

Na rua da escola, todo ano tinha fila de gente tentando uma vaga. Uns chegavam de madrugada. Levavam cadeira, coberta, lanche e se aboletavam em frente ao Osvaldão. Mal o portão abria, a turma se espremia pra entrar. Um atropelo na escadaria. Um Deus nos acuda!

A Rosa também tinha feito isso pra conseguir a vaga do Nildo. Quase foi pisoteada, naquele dia, a coitada.

Tanto sacrifício e o Nildo não gostava da escola. Pode? Às vezes, ele sentia remorso. Mas fazer o quê? Sentimento é coisa dura de lidar. Vai entrando, entrando e quando a gente vê já se instalou.

A mãe percebia que o filho sofria com alguma coisa, mas não sabia o quê. Queria tanto ajudar, mas não sabia como.

Era noite de domingo.

Na sala-quarto dividida por um armário, onde agora dormia, o Nildinho esperava o sono chegar. Nessas horas assim, em que ele ficava sozinho ou tinha um problema pra resolver ou decisão pra tomar, abria a portinhola da imaginação:

Eu nem dancei com a Marina, na festa. Além de burro xucro, sou um bobalhão. Nem pra ter coragem de convidar ela pra dançar! Será que a Marina ia aceitar?

O coitadinho ficou matutando...

TRÊS

A semana começou mal.

    Logo que chegou na escola, o professor de Matemática chamou o Nildo de lado. Perguntou o que estava acontecendo. Que tinha melhorado tanto na matéria e agora vivia cabulando aula. Quando não cabulava, dormia na classe.

    O menino ficou sem graça.

    Daí o professor perguntou se ele estava precisando de ajuda. Entendia que menino, dependendo do problema, às vezes preferia se abrir com amigo. Mas ele respondeu que não precisava.

    O professor insistiu. Disse que acompanhava o que os colegas de classe estavam fazendo com ele. Os rumores...

    Quando ouviu aquilo, o sangue ferveu nas veias do Nildinho. Ele soltou os cachorros:

– O senhor quer é saber se o que dizem de mim é verdade. Pois eu não vou falar. Nem que sim nem que não. Ninguém tem nada com isso! A vida é minha. Eu é que sei.

Como o professor só queria ajudar e sabia que a vida do Nildo, ali na escola, era jogo duro, disse pra ele tomar cuidado, se não repetia o sétimo ano também. E se mudasse de ideia podia procurar por ele.

Quando o sinal pro início da primeira aula tocou, o menino não entrou na classe. Foi pra baixo da sua árvore favorita, nos fundos da escola. Sentou no chão e abraçou os joelhos.

Ficou pensando que não podia continuar no Osvaldão. Mas como ia dizer isso pro pai? Ele ia espumar que nem cachorro louco.

Naquela posição em que estava, podia ver que seus tênis estavam velhos de matar. Tinha pedido uns novos, mas não havia dinheiro.

Na hora do intervalo, quando o portão do Osvaldão se abriu para a entrada de outros professores, o Nildo aproveitou e saiu pra rua.

Perambulou, a esmo, pelo bairro. Um lugar de classe média alta com as ruas bonitas e cheias de árvores. Ele sabia que não pertencia àquele mundo. Mas morava ali.

Pensou em como era difícil a vida de filho de zelador; que nem passar por uma vitrine de doces e não poder comer nenhum.

Na hora do almoço, como sempre, voltou pra casa. Quando chegou, encontrou o doutor Machado conversando com o pai.

O médico cumprimentou o menino e continuou falando. Disse que a filha dele tinha comentado que o Nildinho queria ser agrônomo. Se era verdade.

O Chico se intrometeu e falou assim:

– Que agrônomo, que nada, doutor! Isso aí é burro xucro.

O doutor franziu a testa.

O Chico insistiu e disse que se o filho nem passava de ano na escola...

O médico encerrou a prosa fazendo um convite:

– Se você não se importar, Chico, vou bater um papo com o Ivanildo. Pode ser?

Apesar de o Chico dizer que não ia adiantar nada, que era perda de tempo e as baboseiras de sempre, concordou.

Então ficou combinado que no dia seguinte, quando chegasse em casa, o doutor Machado ligava pro Nildo.

Enquanto comia o arroz com feijão e salada de tomate, que a mãe fazia como ninguém, o Nildinho pensou que o professor de Matemática estava certo. Ele precisava falar com alguém. Mas não com a mãe, muito menos com o pai ou alguém da família. O doutor Machado era homem bom. E era o pai da Marina; a menina mais linda do mundo.

A semana tinha começado tão mal, mas o Nildo teve certeza de que ela não ia terminar assim. Uma ponta de esperança agarrou, bem agarrada, no coração dele.

QUATRO

Na manhã seguinte, o Osvaldão pareceu menos difícil de encarar. Logo mais, à tarde, ia conversar com o médico. Isso é que interessava. Só isso.

Um ex-colega de classe passou pelo Nildinho e fez o convite:

– E aí, moleque? Hoje é o meu "niver" e vai rolar um churras na laje lá de casa. Tá a fim?

Foi falando assim, desse jeito de gente jovem.

Não tinha dado nem tempo de o Nildo responder, quando o Donizete e a sua turma apareceram.

– Vai, vai, Nildete – o Donizete disse. – Sem você a festa não vai ter graça nenhuma.

O Nildinho ficou danado da vida. Mas não falou nada. Tinha pensado que talvez a festa fosse legal. Podia conhecer gente nova. A casa do colega era perto; dava pro Chico ir buscar. Conversava com o doutor Machado, depois ia. Mas com o Donizete e a turma, nada feito. Era procurar sarna pra se coçar.

Falou pro amigo que não dava.

O colega não insistiu, nem defendeu o Nildo da gozação do outro. Disse que ficava pra próxima e foi embora.

O dia passava lento feito tartaruga.

As aulas acabaram, o menino voltou pra casa. Ajudou a Rosinha a secar a louça e a estender a roupa lavada, levou a Hilda pra brincar e mais um tanto de coisas. Então tomou um banho e colocou a melhor roupa.

A Rosinha perguntou aonde ele ia, tão bonito. Depois lembrou que ia encontrar o pai da Marina. Disse que só podia sair coisa boa daquela conversa.

O interfone tocou e o menino correu pra atender. Era o médico.

Beijou a mãe e saiu.

O pai da Marina convidou para um lanche na padaria, dois quarteirões abaixo do prédio.

No caminho, o Nildinho abriu a portinhola da imaginação.

O doutor Machado deve ser dono de um hospital enorme e ter um consultório no último andar, de onde se vê toda a cidade. Bem que ele podia ser meu pai! Mas se fosse, eu ia ser irmão da Marina... Tá louco! Nem a pau!

Longe de saber o que ia na cabeça do menino, chegando à padaria, o médico escolheu uma mesa. Então ofereceu o cardápio a ele.

O Nildo ficou vermelho que nem pimentão.

O pai da Marina achou graça e disse que comia, feito um rinoceronte, quando tinha a idade dele.

O garçom trouxe os pedidos e o doutor, sem perder tempo, perguntou se o Nildo queria contar alguma coisa; mas que não era obrigado.

– Eu tô num mato sem cachorro, doutor Machado. – O menino disse o que seu coração mandou.

O médico desatou a rir do jeito do Nildo; que acabou rindo também.

E foi assim que o Nildo tomou coragem e falou. Contou toda a sua aflição. O que queria. O que falavam dele. Só não contou que amava a Marina. Aquilo era segredo do seu coração.

O doutor ouviu tudo com ouvidos de pai. Então disse o que pensava. Que tinha certeza de que alguma coisa estava atrapalhando o Nildo. Seu modo de ser não combinava com as coisas que fazia. Disse ainda que estava feliz por merecer a confiança dele. E que sabia como ajudar.

Os olhos do menino chisparam.

O médico tirou do bolso o livreto de propaganda de uma escola nova e deu pro Nildo. Ele folheou e disse, todo animado:

– Show de bola!

O pai da Marina explicou que conhecia a diretoria daquela escola. Sua filha estudava lá. Se o Nildo quisesse, ele tentava uma bolsa de estudos pro ano seguinte.

Uma nova escola, novos colegas. A boataria ficando pra trás... O menino quase chorou, só de pensar.

O médico agradou a ele. Disse que não era burro xucro, coisa nenhuma. Que só estava faltando um empurrãozinho. Que ia dar tudo certo. Mas que o Nildo tinha que passar de ano. Era o início do segundo semestre. Se ele desse duro, conseguiria se recuperar. E depois...

– Vida nova! – o doutor disse, encerrando o assunto.

Então pagou a conta e os dois foram embora.

Caminhando de volta ao prédio, só uma ideia assaltava a cabeça do menino: ia estudar na mesma escola da Marina, ia encontrar com ela todos os dias. Quem sabe até ela se oferecesse pra ajudar, se ele empacasse em alguma matéria.

Quando se despediram, o médico pediu que o Nildo aguardasse, enquanto ele conversava com a diretoria da escola. Assim que tivesse uma resposta, avisava.

A porta do elevador abriu e o doutor Machado entrou.

O Xande, que estava lá dentro, arreliou:

– E aí, Nildão, tá perdendo um pagodão, na laje do Gonzaga?

Mas o Nildo nem ligou. Entrou por um ouvido e saiu pelo outro. Não conhecia nenhum Gonzaga e ainda ia conquistar a Marina.

CINCO

Dali em diante, precisa ver como ele estudou pra se livrar das notas baixas! Passou a ser aluno assíduo; o primeiro a chegar e o último a sair. Não deixava passar uma dúvida sem perguntar. Voltou a frequentar a biblioteca da escola e a entregar os trabalhos no dia certo.

Os professores elogiando. E o Donizete provocando...

– Tô gostando de ver, Nildete! Arrumou outro namoradinho, foi? – ...desse jeito.

Apesar de feliz e com a cabeça só no estudo, daquela vez o Nildinho não aguentou.

– Você vai ver quem é Nildete, seu cretino! – ele falou, dando um baita soco no outro, que se estatelou no chão feito um saco de água.

A turma do Donizete partiu pra cima do Nildo. Os outros, de medo, nada fizeram pra ajudar. A confusão só acabou quando o vigia do recreio apitou.

O pobre do Nildinho, todo machucado, foi pra enfermaria.

Explicações daqui e de lá, o menino foi suspenso.

O diretor da escola se espantou. Disse que era uma pena ter acontecido aquilo. Que o Nildo estava indo tão bem. Por que tinha socado o amigo?

Como sempre acontecia, o Donizete e a turma saíram como inocentes. Ninguém tinha visto nada, a não ser o soco do Nildo.

A volta pra casa não foi nada fácil. A coitada da Rosinha ficou assustada, quando viu o menino.

Até a Hilda percebeu que alguma coisa estava errada com o irmão.

– Nido... Feio... – ela resmungou.

O Chico apareceu bem nessa hora. E já entrou reclamando. Tinha ouvido um falatório na porta da escola do filho, que não estava gostando, nadica de nada. Agora ele aparecia todo arrebentado. Será possível que o que falavam era verdade?

O menino se exaltou.

– Verdade o quê, hein, pai? – ele enfrentou. – O senhor acha que só é homem quem anda com uma peixeira enfiada na cinta.

O sangue do Chico chacoalhou nas veias. Ele agarrou a camiseta do Nildinho e disse:

– Eu não fiz filho homem pra ser mulher. Ouviu?

A Hilda se assustou com a gritaria e começou a chorar.

A Rosa pegou a menina no colo e puxou o menino pro quarto.

O Chico abriu a torneira do tanque e meteu a cabeça embaixo da água.

– Valha-me Deus! – ele berrou, chacoalhando o cabelo molhado.

Mãe e filho ficaram se olhando, calados, por um tempo. Até que a Rosinha perguntou se o Nildo tinha alguma coisa pra contar.

Só com a cabeça, ele fez que não.

Sem querer insistir, a mãe explicou que não tinha estudo, mas que gostaria muito de ter. Que o filho tinha saído tal e qual a ela. Que o doutor Machado queria ajudar e o Nildo ia conseguir tudo o que sonhava, mas não podia se meter em encrenca.

O menino percebeu tristeza no olhar da mãe, que continuou falando.

Disse que o Chico era homem de perder as estribeiras, mas não era mau. Só que o coração dele, em vez de manteiga derretida, era feito de rapadura. Então abriu um sorriso tão largo que o filho pôde ver, mais uma vez, o quanto era bonita.

Disse que ela não se preocupasse. Que não tinha nada, mas nada mesmo, que ele não contasse pra ela. Foi aí que tomou coragem e se abriu também com a mãe. Contou tudo. Até que gostava, do fundo da alma, da Marina.

A Hilda fechou o dedo na gaveta, interrompendo a conversa.

A Rosinha acudiu a filha, que ficou soluçando no colo dela.

O Nildo também se pôs a chorar.

Uma com o dedo beijado, outro com o coração aliviado, os dois irmãos se aninharam nos braços da mãe.

SEIS

O mês de dezembro já ia longe, quando as listas de aprovados e reprovados foram penduradas no pátio do Colégio Osvaldo Aranha.

O Nildo foi um dos primeiros a chegar pra ver.

Seu coração batia que nem bumbo de escola de samba. Tinha estudado pra cachorro. Mesmo assim, não estava completamente certo de que tinha passado de ano. E precisava passar. Senão como havia de encarar o doutor Machado?

Até a Marina já sabia que o pai tentava uma bolsa de estudos pra ele.

Os degraus da frente da escola eram dez, mas pareciam cem. O pátio custou a terminar, até ele chegar perto das listas. E lá estava:

IVANILDO DE SOUZA ALVES SOBRINHO APROVADO

Aquele nome que odiava, que o pai tinha dado em homenagem a seu falecido irmão, naquela hora pareceu tão bonito.

Ivanildo de Souza Alves Sobrinho – engenheiro agrônomo. Ele imaginou a futura placa, na porta do seu escritório.

A primeira etapa estava ganha.

Queria tomar um suco pra comemorar, mas não tinha um tostão furado. Mesmo assim foi até a cantina e pediu pra pendurar um suco de laranja.

Bem naquela hora o Donizete apareceu e, pra não perder a oportunidade, disse:

– Jura que passou de ano, Nildete?

O Nildo engoliu em seco. O balconista da cantina preparou um copo duplo de suco e falou, bem alto e separando as sílabas:

– Parabéns, I-VA-NIL-DO! Hoje, o suco é por conta da casa.

O Donizete disfarçou, fez cara de cachorro magro e pediu um hambúrguer. Ele não fazia ideia, mas a perseguição contra o Nildinho terminava ali.

Faltava pouco pro Natal e tinha amanhecido um dia lindo. A piscina do prédio estava lotada, e a Hilda chorava, querendo entrar nela também.

A Rosinha, pra não provocar encrenca com alguns moradores, levou a menina pra dentro do apartamento.

O Nildo ainda dormia, quando o interfone tocou. A mãe correu a atender. Era o doutor Machado.

A Rosa foi acordar o filho, que pulou da cama. Pelo sorriso dele ao desligar o interfone, ela até adivinhou o que tinha acontecido.

– Eu consegui a bolsa, mãe! O colégio me aceitou! Agora é só levar os documentos e me matricular – ele gritou feliz.

Daí pegou a Rosa no colo e rodopiou com ela pelo meio da casa.

– Nido. Colo – a Hildinha pediu.

Ele largou a mãe e pegou a irmãzinha. E foi uma festa. Mas festa completa tinha que ter o Chico. Que o Nildinho falava, falava, mas amava muito o pai. Procurou por ele e contou.

Chico, coração de rapadura, amanteigou. Deu um abração apertado no filho; mas disse, pra não perder a pose:

– Agora, vê se põe essa cabeça no lugar, moleque!

O menino soube entender a alegria dele e devolveu o abraço.

Quando ia voltando pra casa, ouviu seu nome. A dona da voz ele conhecia muito bem: Marina.

Ganhou dela um abraço apertado e os parabéns. A amiga disse que dali em diante não escapava mais dela. Que ia vigiar ele, dia e noite.

Era felicidade demais pra um só dia, o Nildo pensou. A Marina, de biquíni, apertando a mão dele e dizendo que ia vigiar, dia e noite.

E as férias voaram! Lá estava o Nildinho se ajeitando pro primeiro dia de aula.

A Rosinha caprichou na manteiga das torradas e no café com leite.

— Não demora no banho que dá tempo de comer — ela falou, da porta do banheiro.

Mas o menino demorou. Tomou banho de príncipe, como dizia o pai. Só deu pra beber o café com leite. Foi comendo as torradas pelo caminho.

Pegou o ônibus que o doutor Machado tinha ensinado.

A Marina ia com a *van* do colégio; se não, daria carona pra ele, tinha dito. Mas já seria demais: arranjar bolsa de estudos e ainda dar carona.

Haviam combinado de se encontrar na escola. A menina fazia questão de apresentar o amigo pra alguns colegas seus; apesar de estarem um ano mais adiantados que ele.

Com o coração misturado de felicidade e medo, o Nildo sacolejava no ônibus. Apesar de tudo, ia sentir falta do Osvaldão. Tinha estudado lá desde que se conhecia por gente. Uma das melhores escolas públicas da cidade. Tinha ganhado prêmio e tudo.

Mas sempre tem uns abelhudos que tornam ruins as coisas boas.

Pensou na mãe, que até a roupa e os tênis tinha deixado separados pra ele. Por falar em tênis, os do pobre estavam cada vez piores; enrolados com fita isolante. Ia conversar de novo com o pai. Quem sabe já tivesse dinheiro.

Os tênis, a Marina, o brilho das vitrines, que ele via pela janela do ônibus, tudo embaralhado no pensamento do Nildinho. Outros caminhos sem sombras. Outros amigos sem mágoas.

Era verão. Uma nova vida começava pra ele.

SETE

Os dois primeiros meses de aula foram maravilhosos.

Assim que conheceu os colegas, o Nildo foi logo contando que tinha bolsa de estudos. Esconder por quê? Ele se orgulhava de ter conseguido aquela oportunidade.

Via a Marina todos os dias. De vez em quando, na hora do intervalo, se juntava a ela. Os colegas da menina brincavam:

– Olha o cara; já chegou ficando com a garota mais adiantada!

O Nildo dava risada e explicava que os dois moravam no mesmo prédio. Que eram velhos amigos. Que a Marina era uma menina de sorriso sempre aberto. Dava-se bem com todo mundo.

Tinha uns dois ou três meninos de olho nela; mas o Nildo achava que ela não se interessava por nenhum.

Às vezes, pensava que a menina gostava mesmo era do Xande. Só de imaginar isso, ficava vermelho de ódio. Não era possível ela, tão delicada, gostar daquele brutamontes, que vivia gozando da cara dele.

O mês de abril chegou e com ele, as chuvas de outono. E o Nildinho ainda com aqueles tênis furados! Tudo bem que sempre trocava a fita isolante; mas pra aquela chuvarada toda não dava jeito, não.

Uma noite, quando entrou em casa com as meias que davam pra torcer, de tão encharcadas, o menino tomou coragem:

– Pai...

O Chico resmungou um "o quê", sem tirar os olhos do noticiário da tevê.

O Nildo perguntou se já dava pra ele liberar dinheiro pra comprar uns tênis novos. Como o Chico não deu resposta, ele perguntou se o pai não tinha ouvido a pergunta.

O homem ficou bravo. Disse que não era surdo. Que tinha ouvido, sim; mas que não ia liberar nada. Quem liberava era delegado e ele continuava sem dinheiro.

A Rosa, que preparava o jantar, veio em socorro do filho. Disse pro Chico olhar o estado dos tênis do pobre! Que com aquela chuva toda, daqui a pouco o Nildo ia pra escola descalço. E era uma escola boa, né? Não dava pra ir de qualquer jeito.

O homem virou uma fera. Disse que estava demorando pra eles começarem a pedir coisa. Falou, falou e ameaçou sair da sala. Mas voltou e perguntou:

– Rosa, aquela moça do décimo oitavo não te deu um tênis, outro dia?

– Deu. Mas ficaram grandes pra mim – ela falou.

– Pois então dê pro Ivanildo – ele encerrou o assunto e foi dormir.

Mãe e filho ficaram se olhando. E o Nildinho disse uma coisa que comoveu:

– Se os tênis que a senhora ganhou servirem pra mim, tá resolvido, mãe.

Ela foi pegar. Voltou com um par cor-de-rosa, com uma borboletinha em cada pé.

Mesmo assim o Nildo experimentou.

O Chico, que espiava tudo, falou:

– Viu só? Caiu feito uma luva no Ivanildo.

Mas daí o menino se defendeu. Disse que se ao menos os tênis fossem vermelhos, mas que cor-de-rosa com borboletinha não dava, não.

O Chico espumou. Disse que dava, sim, e que dinheiro não nascia em brejo.

A pobre da Rosa baixou a cabeça, pra não chorar.

O Nildinho, pra pôr pano quente, disse que ia dar um jeito. Que se virava.

Pai e mãe foram dormir.

Já no seu canto, o menino tirou uma caixa de baixo da cama. Remexendo, encontrou um pincel de tinta azul-marinho; daqueles que se usam em escola. Problema resolvido. Era só pintar o tênis de azul e fazer um borrão em cima das duas borboletinhas. Tinha visto um menino fazer isso num filme chamado *Ponte para Terabítia*. Muitos alunos do Colégio Moraes de Souza usavam calças jeans furadas no joelho, com barras esfiapadas, camisetas manchadas. Ninguém ia reparar nos seus tênis.

Mas a chuva que caía, sem dó nem piedade, o fez mudar de ideia. A tinta ia sair, assim que se metesse na água; do jeitinho que tinha acontecido com o menino do filme. Não sabia o que era pior: se continuar usando os tênis velhos ou usar os de borboletinha rosa. Os velhos não davam mais. Então estava resolvido.

A chuva continuava caindo a cântaros, no dia seguinte, quando o Nildinho saiu pro colégio. Ninguém merecia aquilo. Muito menos ele.

O menino dobrou bem pra cima as barras da calça e se enfiou na chuvarada. Ventava tanto que, por várias vezes, as varetas do guarda-chuva viraram pra cima. Os tênis encharcaram. Já pensou se tivesse pintado?!

O ônibus, que não costumava demorar, naquele dia atrasou bastante. E veio lotado. As pessoas sentadas cochilavam e as de pé chacoalhavam, umas nas outras, seus guarda-chuvas molhados.

Os portões do colégio já estavam fechando, quando o Nildo conseguiu chegar.

O porteiro disse pra ele:

– Quase que fica pra fora, hein! Corre, que o sinal já tocou.

O menino subiu, de dois em dois, os degraus da escada, até o segundo andar. Ao entrar na sala, pediu desculpas pelo atraso.

O professor só respondeu um "tudo bem"; mas o Nildo, que não era bobo, notou algo estranho no olhar do mestre.

Quando se acomodou na carteira, reparou que alguns de seus colegas também olhavam pra ele segurando o riso e cochichando.

Naquela escola, calças jeans esburacadas e camisetas manchadas eram moda. Menino de tênis cor-de-rosa com borboletinha não.

OITO

No intervalo das aulas, não deu outra. A turma toda dando risadinhas e fazendo piada dos tênis dele. Um tal de Marcos Arouca foi quem começou a gozação. Ele disse:

– Ô, borboletinha! Onde comprou esse seu tênis de Barbie, que quero dar um igual pra minha namorada?

O pobre do Nildinho teve vontade de meter um soco na cara dele; que nem tinha feito com o Donizete. Mas e a bolsa de estudos? Precisava manter a linha. O negócio era inventar alguma coisa que desviasse a atenção da turma. Inventou um planeta novo.

Quem ria parou. O Marcos Arouca fez cara de deboche. O Nildo chegou mais perto dos colegas, franziu a testa e começou a explicação:

– Eu me comunico com alienígenas.

Todo mundo riu, e o Marcos Arouca mandou continuar a história. O menino voltou ao assunto. Disse que tudo tinha acontecido na noite anterior. Depois que a família dormiu e ele ficou sozinho no quarto, uma luz cor-de-rosa foi entrando por baixo da porta.

Nessa altura da história, apareceu o Luiz Otávio, outro encrenqueiro da classe do Nildinho, e perguntou se os amigos iam ficar ali ouvindo abobrinhas.

O Nildo falou pro Arouca que queria continuar contando, mas não estavam deixando. O outro estrilou. Disse que sabia que era tudo abobrinha pura, mas queria saber aonde aquela história ia dar.

Então o Nildo continuou contando que tinha começado a entrar uma luz cor-de-rosa por baixo da porta do quarto dele. De repente ouviu uma voz dizendo que, dali em diante, ele fazia parte do Planeta Rosa e que era muito bem-vindo. Então, quando olhou em volta, todo o quarto tinha ficado cor-de-rosa: as paredes, a cama, tudinho.

A turma voltou a cair na gargalhada.

A Marina apareceu.

O Nildinho precisava dar um fim naquela história. Disse que tinha acontecido aquilo e que até o tênis dele tinha ficado cor-de-rosa.

Todo mundo se calou, parecendo querer um final mais interessante. O Arouca quis saber se naquela manhã tudo ainda estava rosa no quarto do Nildo.

Ele disse que não. Que só os tênis ainda estavam, por serem a marca do Planeta Rosa.

A Marina ainda não tinha visto os tênis dele. Só naquela hora entendeu o motivo daquela risada toda. Olhou pro Nildo com carinho.

O sinal pro recomeço das aulas tocou. Os alunos foram indo pra suas salas. O Marcos Arouca se aproximou do Nildo, dando um desfecho pra história. Disse que estava muito honrado em conhecer pessoalmente o maior mentiroso do planeta Terra. Daí falou assim:

– Assume aí, cara! Não tem grana pra comprar tênis e tá usando o da tua mãe. Ou então...

Aquela insinuação final fez o Nildinho se arrepiar. Lembrou dos tempos do Osvaldão, dos boatos e das gozações, do Donizete. Começou a suar frio.

A Marina pegou na mão dele, tentando tirar o amigo dali.

Mas o Marcos Arouca não deu trégua e disse:

– Marina Machado?! Não sabia que se dava com pé de chinelo borboletinha.

Daí o Nildinho não ouviu nem viu mais nada. Agarrou o colega pelo pescoço. A Marina tentou apartar os dois, mas não conseguiu.

O Marcos Arouca revidou e virou uma briga danada. Um forrobodó. Os dois meninos rolaram pelo chão do pátio.

O vigia chegou apitando. A plateia dispersou. O Nildo, o Marcos Arouca e a Marina foram diretinhos pra diretoria.

O diretor perguntou se a Marina tinha visto tudo. Ela confirmou.

Daí ele perguntou quem tinha batido primeiro. A Marina não sabia o que responder, coitada. Disse que o Marcos tinha ofendido o Nildinho.

O Arouca se defendeu e falou que só estava brincando. Mas o diretor insistiu. Queria só saber quem tinha batido primeiro.

– Fui eu – o Nildinho se acusou, encarando o olhar firme do homem.

O diretor disse que violência nunca era a solução. Que conversar era o correto. Então mandou o Nildo pensar sobre aquilo em casa.

O Marcos Arouca levou um sermão e voltou pra classe. A Marina, apesar de ainda tentar defender o amigo, também foi pra sua sala.

Quando o Nildinho, suspenso, voltou pra casa, o estrago estava feito.

NOVE

O Chico orientava uma *van*, que descarregava material de limpeza. O filho se misturou à confusão. Fé em Deus, o pai não o veria tão cedo em casa.

Mas viu. E perguntou:

– O que é que te deu, menino, pra estar a esta hora em casa?

O Nildo inventou que a professora das duas últimas aulas tinha faltado. Mas o Chico ficou com a pulga atrás da orelha:

– Sei não...

A Rosa e a Hilda tinham saído. O menino largou a mochila no chão do quartinho e se atirou na cama. Não acreditava ainda que tudo aquilo tinha acontecido. Mas não era sua culpa, nem do Marcos Arouca. A culpa era do pai. Se não tivesse obrigado ele a usar aqueles tênis dados pela vizinha, nada teria acontecido. E tudo ia tão bem na escola nova...

Sentiu um aperto esquisito no peito. Que jogo duro era a sua vida! A imagem da Marina apareceu, suave, pra amenizar a dor. Se pudesse, pensava em outra garota; mas não conseguia. Aquele planeta cor-de-rosa que tinha inventado era onde gostaria de estar com ela. Só os dois. Se pra ficar com a Marina precisasse usar tênis de borboletinha pro resto da vida, ele usava.

E abriu de novo a portinhola da imaginação:

Uns moleques agarram a mochila da Marina. Ela me chama. Os assaltantes fogem, assustados. Eu levo a Marina nos braços, até em casa. O doutor Machado agradece e comenta, na frente do Xande: A Marina bem que podia namorar o Ivanildo.

– Ivanildo, acorda! – ouviu a voz do pai, que vinha da janela.

Tinha dormido, sonhado e nem percebera. Ao abrir a janela do quarto, deu de cara com ele e com ela: a Marina.

O pai voltou pro trabalho, e ela disse, com seu jeito delicado:

– Passei só pra dizer que estou do seu lado, viu? Sei que fez de tudo pra não brigar com o Arouca.

E o Nildinho perguntou:
— Tem perigo de eu perder a bolsa, Marina?
Ela abriu um sorriso. Disse que achava que não. Que um monte de colegas deles também tinha visto a briga, e sabia que o Arouca que havia começado. Mas que ia conversar com o pai. Depois, contava pro Nildo.
A Marina foi embora deixando um cheirinho suave de perfume.

Depois do almoço, o menino contou tudo pra Rosinha. Ela acreditou nele e assinou o papel da suspensão.
A Marina tinha dito que ia conversar com o pai. O Nildo não sabia pra quê. O que será que o médico tinha a ver com aquilo?

Durante toda a tarde, o menino esperou o interfone tocar, com o doutor Machado dizendo que queria conversar com ele. Mas isso não aconteceu. Só na manhã seguinte, quando saiu pro colégio, com seus tênis de borboletinha, encontrou o médico esperando, dentro do carro estacionado na porta do prédio.
Ele pediu:
— Chega aqui, Ivanildo.

Então estendeu uma caixa pela janela, que o menino abriu numa pressa danada.

Encontrou dentro dela um par de tênis, bonito que só vendo! Preto com uma faixa branca na lateral. O menino ficou tão comovido que não conseguiu dizer palavra. Seu pensamento voou para a noite em que o pai havia obrigado ele a ficar com os tênis de borboleta. Reviu o rosto da mãe, pesarosa, antevendo algum gozador rindo dele. E se sentiu forte e corajoso. Afinal, não havia dinheiro, e o par de tênis que a vizinha tinha dado estava praticamente novo. E serviu pra ele. Por que não usar? Ele tinha feito o certo, feito bem em usar. Errados estavam o Marcos Arouca e os outros, que tinham zombado dele. Afinal, com borboleta ou sem, ele ainda era o Ivanildo.

– Ivanildo! Ivanildo! – o doutor Machado veio tirar o menino das lembranças.

– Desculpe, doutor.

O médico falou pro Nildo trocar os tênis. Ele mesmo devolveria os de borboleta pra Rosa.

Ele calçou os novos e entregou os velhos pro médico.

– Doutor Machado, eu nem sei... – ele foi agradecer, mas o pai da Marina continuou a frase:

– Mas eu sei, meu rapaz. Você não teve culpa do que aconteceu. Continue firme; mas segura o ódio. Tudo vai dar certo.

A caminho do ponto do ônibus, pôde ver o carro do doutor virando a esquina. Pensou em como era bom ter um amigo daqueles.

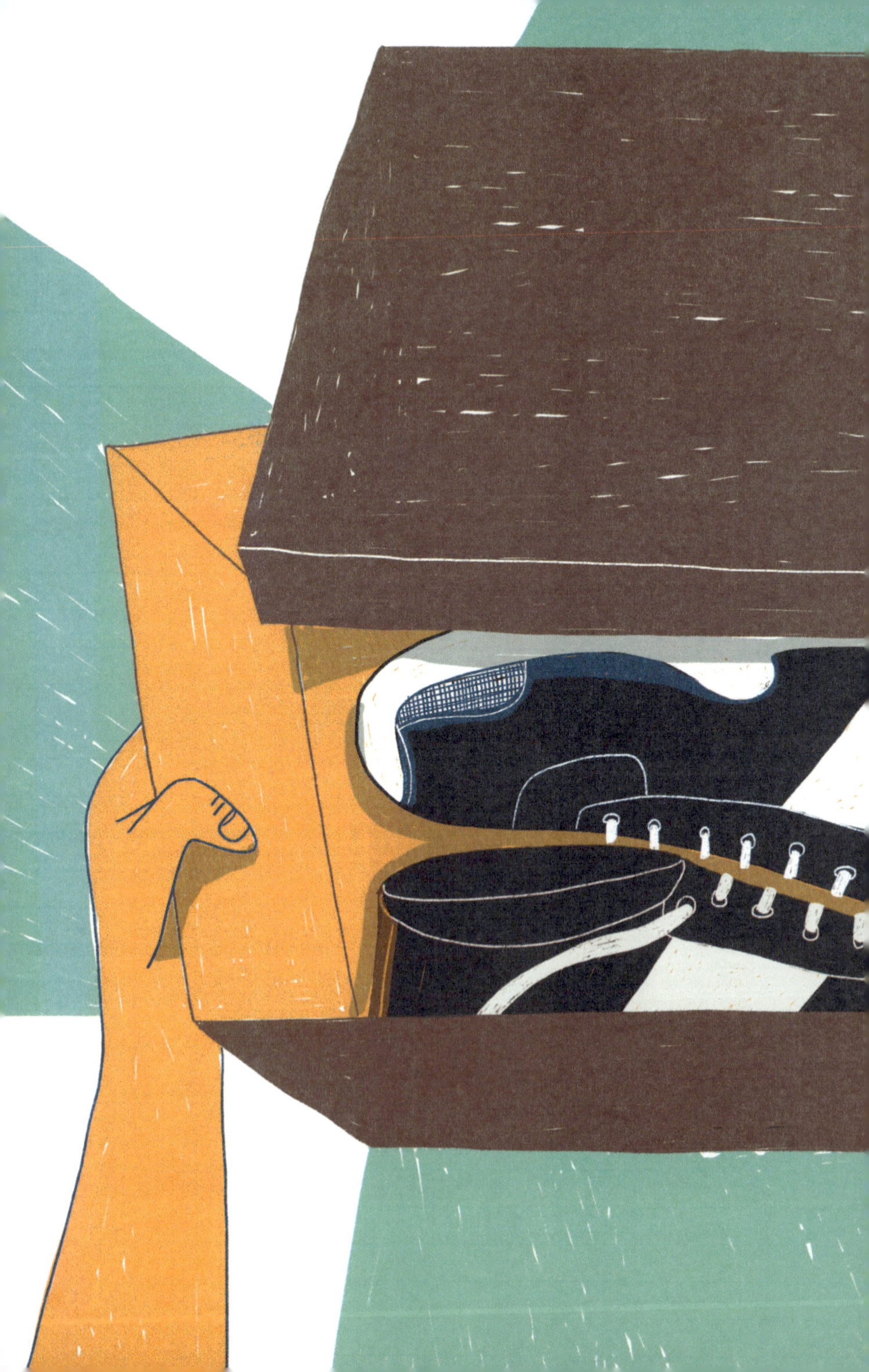

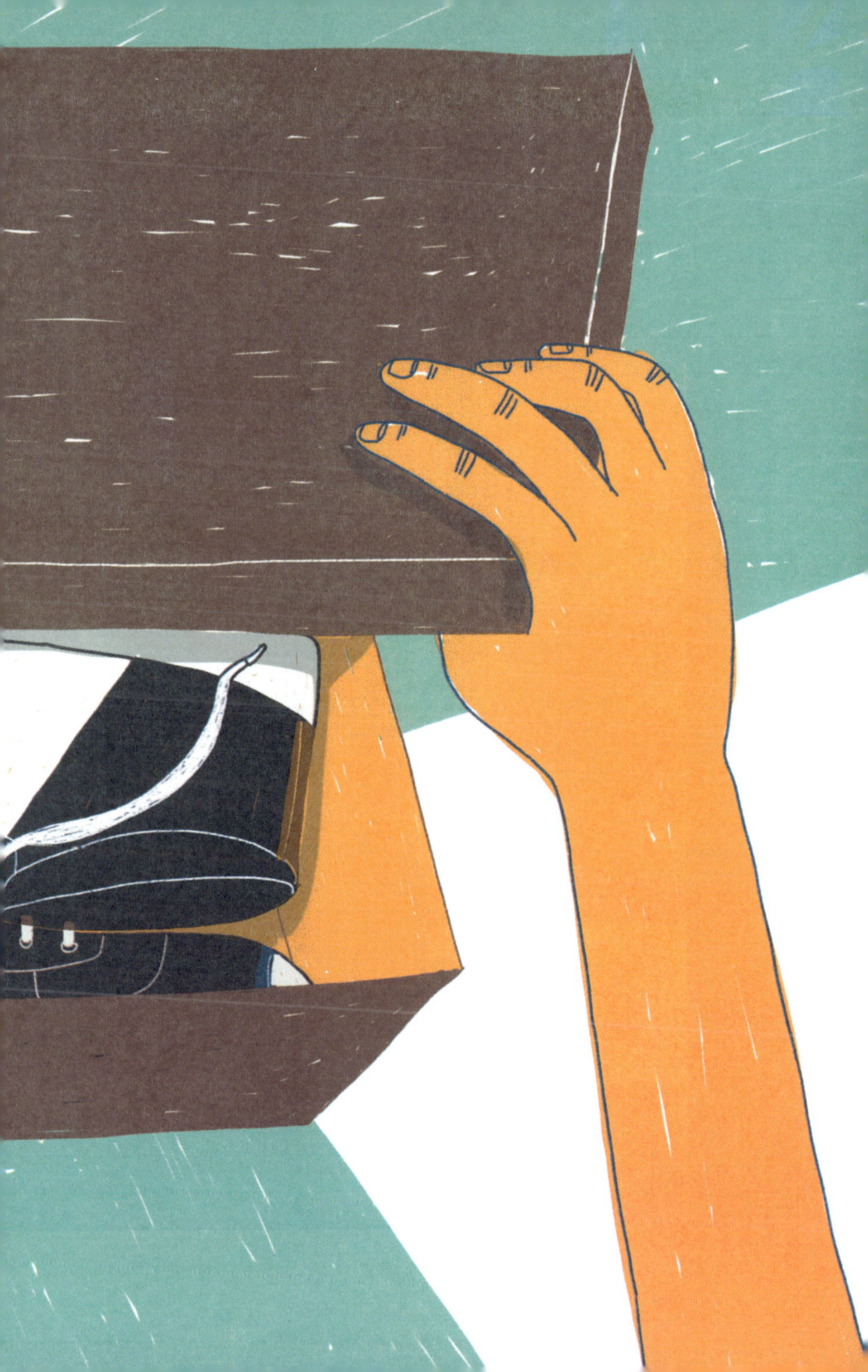

DEZ

O Nildo até tentou enganar seu coração, mas a mesma sensação de excluído que sentia quando estudava no Osvaldão, passou a sentir no Moraes de Souza, dali em diante. Aquela história dos tênis cor-de-rosa ficou na memória da classe. O apelido de borboletinha também.

O Marcos Arouca, de óculos escuros por causa do olho roxo obtido na briga do dia anterior, já chegou provocando e falou:

– Cadê os tênis cor-de-rosa, borboletinha? Além da escola também foi suspenso do Planeta Rosa, é?

E o Luiz Otávio completou:

– Ou foi suspenso ou pegou as moedinhas do porquinho, juntou com as da Marina Machado e comprou um tênis novo.

Nem passou pela cabeça do Nildinho provocar outra encrenca, mas sentiu o rosto em brasa. Podiam falar qualquer coisa menos da Marina.

Na aula de História, a professora resolveu dividir a classe em dois grupos de pesquisa.

Ouviu falar em agrupar, o Arouca despertou do cochilo que dava. Tomando a dianteira, foi escolhendo os que iam fazer parte do seu grupo.

O Luiz Otávio liderou o outro.

No final da divisão dos grupos, nenhum tinha escolhido o Nildo.

A professora percebeu.

– Vocês esqueceram do Ivanildo.

O Marcos Arouca avisou:

– No meu ele não entra, pro! Já tá completo.

O Luiz Otávio, pra não ficar atrás, disse o mesmo.

A professora resolveu que já que nenhum grupo tinha escolhido o Nildo, ele mesmo que escolhesse onde queria ficar.

O menino não sabia o que dizer.

– Decida a senhora, pro – ele falou; que era menino respeitoso.

Ela decidiu que ele ficaria no grupo do Arouca.

O outro pulou feio. Não queria, de jeito nenhum.

A mestra ficou furiosa. Disse que o que eles estavam fazendo com o Nildinho se chamava segregação. Que aquilo era um absurdo. Até crime. Insistiu em saber por que eles não queriam o Nildo. Daí os dois mequetrefes acabaram inventando que era porque ele vinha de escola pública e não sabia nada. Que burrice atrapalhava o grupo. Alguns alunos da classe esconderam o rosto pra rir.

A paciência da professora acabou ali.

– Isso é um absurdo! – ela berrou, nervosa. – Eu sempre estudei em escola pública, o diretor do Moraes de Souza veio de escola pública, o médico do colégio, pós-graduado, respeitado em todo o Brasil, estudou em escola pública. Pensem antes de dizer as coisas e jamais, jamais formem "pré-conceito" de alguma coisa!

Dito isso, a professora abriu a porta da sala de aula e mandou que os dois alunos a acompanhassem à diretoria.

Pouco tempo depois, voltaram.

O Nildinho viu os colegas pegarem suas mochilas e deixarem a sala.

A aula de História recomeçou. O menino se uniu aos alunos do grupo do Marcos Arouca. Mas não conseguiu prestar atenção em mais nada. Aquilo com certeza ia ter consequências. O Arouca não ia deixar barato aquele dia de suspensão.

A aula de História acabou e com ela o dia escolar.

O Nildo pegou o ônibus com um baita nó na garganta e muitas perguntas na portinhola da sua imaginação:

Que diabo acontece comigo? Uma hora é meu amigo do Osvaldão; outra meu tênis; outra a escola pública... Estudar em escola pública não é sinal de burrice, pô! Meu pai me chama de burro, mas é meu pai. Por respeito, tenho que engolir. Mas o Arouca? Quem ele pensa que é? Não sabe nada de mim! Eu não sou burro coisa nenhuma! Não sou mesmo!

– Não sou! – soltou a voz, bem alto, dentro do ônibus lotado.

ONZE

E o medo de entrar no Moraes de Souza, no dia seguinte? O menino nem tinha dormido direito. Mas a surpresa que teve, quando chegou na escola, foi bem diferente da que esperava: o Arouca, com olho roxo e tudo, se exibia pra uma menina nova, que tinha acabado de entrar na classe deles. Viu o Nildo chegar, mas nem olhou na cara dele.

A primeira aula era de português; duas seguidas: gramática e literatura. O professor pediu que a menina nova se apresentasse. Só então o Nildinho pôde ver o quanto era extravagante.

Ela disse:

– Eu sou a Lélia; mas todos me chamam de Lelé.

O encrenqueiro do Arouca aproveitou o apelido pra fazer mais uma gracinha.

– Lelé?! Só falta namorar o Da Cuca, aqui ao lado – então apontou pro Nildo.

Todo mundo deu risada e o professor não gostou.

– Olha o respeito, seu Arouca! – ele disse.

O menino fez cara feia, mas calou o bico.

Naquele momento, a Lelé passou de novidade pra bode expiatório. O Nildo não estava mais sozinho.

No intervalo, umas meninas se aproximaram da nova colega; mais por curiosidade que por interesse em amizade.

A Lelé era esquisita, mas charmosa. Mais alta que as meninas da sua idade e bem magrinha, parecia uma bailarina clássica. Mas clássica-carnavalesca, se é que isso existe.

O Moraes de Souza não exigia que os alunos usassem uniforme. Mas quando uma aluna aparecia com saia muito curta ou um aluno com o sovaco de fora, o diretor entrava em cena.

A Lelé, pelo contrário, usava roupa demais naquela manhã de inverno. Tudo desconjuntado. Saia florida, no meio da canela, e coturno preto. Malha de lã listradinha de várias cores. Cabelo cortado bem rente, com um rabicho longo, descendo pelas costas, e uma argolinha no nariz.

O Nildo estava tão entretido com a colega, que nem viu a Marina chegar.

– Até você, Ivanildo, caidão pela Olívia Palito? – ela sussurrou no ouvido dele; que tomou um susto.

Olhando bem, ele concordou que a Lelé parecia mesmo a namorada do marinheiro Popeye.

Mudando de assunto, a Marina foi dizendo que o pai dela tinha pedido uma reunião com o diretor, o Luiz Otávio e o Marcos Arouca.

O Nildinho ficou sem entender o que é que o doutor Machado tinha a ver com a confusão da briga do dia anterior; e perguntou pra Marina.

Ela estranhou a pergunta. Contou que o pai era o médico do colégio.

A Marina continuou falando que o que o Arouca e o Luiz Otávio vinham fazendo com ele parecia brincadeira de mau gosto, mas era doença. E podia trazer problemas pra vida toda.

O Nildinho só ouvia. Então desembuchou uma pergunta que não tinha nada a ver com o assunto:

– Você também é bolsista, Marina?

Ela era. Seu pai, como médico da escola, tinha direito a duas bolsas de estudos. Como só tinha uma filha, conseguira a outra pro Nildo.

O ocorrido na aula de História não interessava mais. A Marina tinha bolsa, portanto era igual a ele. Só faltava ser dele. Uma chama de esperança assaltou o coração do menino. Tinha que se declarar.

Ia ser naquele dia.

Quando as aulas acabaram, o Nildo correu pro ponto do ônibus e abriu de novo a portinhola da imaginação:

O por do sol é a hora mais bonita do dia. Pego meus trocados e convido a Marina pra tomar um lanche. Então, seguro sua mão e falo o quanto adoro ela. Depois, peço pra namorar. A Marina vai dizer que sim, é claro! Sempre gostou de mim. Daí voltamos pro prédio já como namorados oficiais.

Desceu do ônibus ainda nas nuvens. Ao dobrar a esquina da rua, viu a Marina com outra pessoa, no portão do prédio.

E se pedisse ela em namoro ali mesmo? Pra que esperar até de tarde?

Ia pedir. Estava resolvido.

– Marina, sei que sou um cara cheio de defeitos, falo mais que a minha boca, encho o saco do Nildão, mas te adoro. Quer namorar comigo? – o menino ouviu o Xande dizendo pra ela, ao chegar ao edifício.

Os dois nem viram ele.

O pobre não quis ouvir a resposta que a Marina ia dar pro Xande. Entrou, às pressas, pela garagem aberta. Mas não antes de ver os dois entrelaçando as mãos.

DOZE

O primeiro semestre acabou. As férias chegaram. O frio e os dias cinzentos tornavam tudo mais triste.

O Chico, coração de rapadura, queria mandar o filho pro interior. Estava indo tão bem na escola. De repente começou tudo de novo: as coisas viraram de pernas pro ar.

O Xande, a pedido da namorada, tinha até se desculpado com o Nildo pelas gozações que fazia.

O doutor Machado, que acompanhava de perto o rendimento do vizinho, voltou a chamar pra uma conversa. Sentados na mesma padaria, o médico mais falou de sua própria vida que perguntou da do menino.

Contou que era filho de sitiante e confirmou as palavras da professora de História: sempre havia estudado em escola pública. Tinha levado doze anos estudando medicina;

contra a vontade do pai, que queria que ele ajudasse no sítio. Ia fazendo o curso de dois em dois anos: estudava dois anos, parava. Trabalhava dois anos, juntava dinheiro e voltava pra universidade. No último ano, conseguiu emprego na cantina da faculdade. Fazia plantão, um atrás do outro, trabalhava feito um condenado. O verbo dormir, pra ele, parecia não existir.

O Nildinho ia bebendo o suco e as palavras do doutor Machado:

– Esse negócio de "deixa a vida me levar" não é bem assim, Ivanildo. A vida leva, mas é a gente que resolve pra onde. Eu fucei, até dizer chega. Pedi ajuda para um, para outro e consegui. No dia da minha formatura, quando o mestre de cerimônias me chamou de doutor Luiz Machado, quase tive um troço.

O médico era de cativar os jovens, pois falava igualzinho a eles.

O Nildinho, como era seu costume, soltou uma pergunta que não tinha nada a ver com o assunto. Quis saber se a esposa do médico tinha sido seu primeiro amor.

O doutor respondeu que não; que havia gostado de outras meninas. Mas a esposa dele tinha aparecido na hora certa; quando já estava cansado de levar fora de uma colega de faculdade, que adorava. Mas se ela não queria nada com ele, pra que insistir? Tocar piano era uma coisa, bater na mesma tecla era outra. Então espalmou a mão pro menino bater, selando a amizade.

O Nildo voltou pra casa certo de que não ia, mas de jeito nenhum, pro interior. Seu lugar era ali; com a mãe, o pai, a irmãzinha.

O Chico deu um escândalo. Esbravejou, rodou a baiana, mas a Rosinha, como sempre, defendeu o filho. Disse que ele era jovem, e jovem era assim mesmo: um dia do cravo outro da ferradura.

O Nildo não se conteve com o comentário da mãe, que deixou o pai sem resposta. Abriu um sorriso largo.

– Quem é essa garotinha linda? – perguntou, pegando a irmãzinha no colo.

– Hida.

De noite, debaixo do cobertor e da luz de uma lanterninha, ele imaginou:

Quero dar um presente pro doutor Machado. Quem sabe uma caveira pra segurar papel. Médico gosta de caveira. Ou um avental novinho. Peço pra minha mãe bordar um L e um M no bolso. Apesar de que no avental dele tem um R no meio do L e do M. Será de que aquele R? De rapadura é que não é.

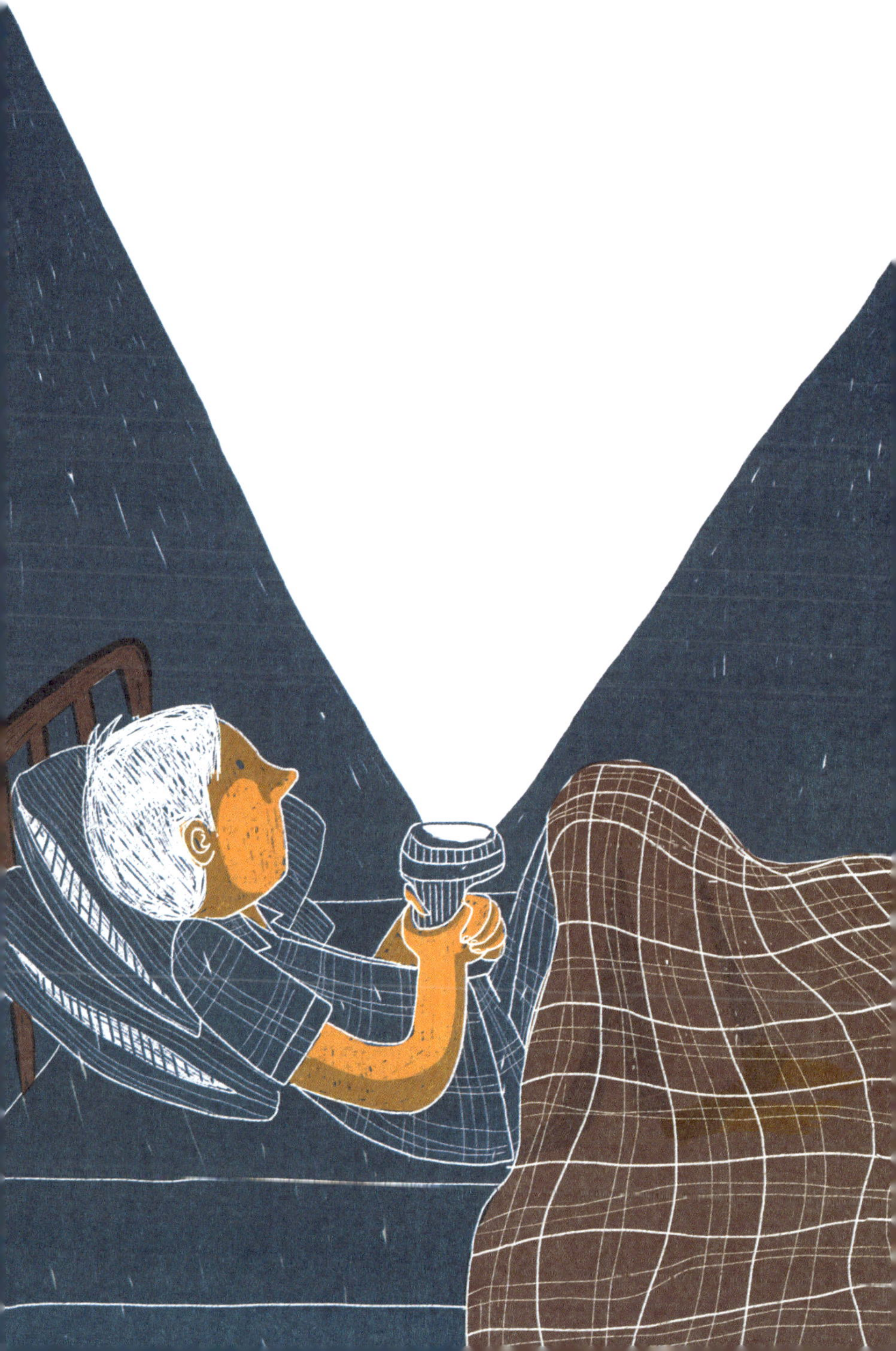

Ao lembrar do pai, esqueceu do presente do doutor e deu vez pra revolta:

Por que meu pai não senta comigo pra conversar? Por que não tenho mais um quarto, com porta e chave pra trancar? Por que a Marina gosta do Xande, que parece o Incrível Hulk, de tão musculoso? Só não é verde.

Do Xande, passou pro Arouca.

Ele vai pro colégio de motorista. A mãe quase não aparece na escola. O pai nunca deu as caras. Nem na final do torneio de xadrez, em que o Arouca foi campeão. Fiquei até com pena. Meu pai é melhor que o dele. Com coração de rapadura e tudo.

E o R de rapadura fez o pensamento do menino voltar ao médico. O melhor presente que poderia dar pra ele era tocar a vida em frente. Decidido, apagou a lanterninha e dormiu.

TREZE

No primeiro dia de aula do segundo semestre, assim que o Nildo chegou na escola, percebeu um aglomerado de gente, no portão. Descobriu que a razão daquilo era a Lélia.

A colega estava mais esquisita do que nunca naquela manhã. Com o coturno preto de sempre, mas, dessa vez, acompanhado de um par de meias de listas coloridas, que iam até o joelho. Daí pra cima, usava uma bermuda rosa com flores verdes na cintura. Depois, vinha uma malha de lã grossa marrom. Por cima dela, um colete de couro rosa, combinando com a bermuda. Os cabelos da Lelé tinham crescido um pouco, e estavam pintados de roxo.

Quando o Nildo abriu espaço entre os alunos, deu de cara com o Marcos Arouca, que falou:

– Ah! Chegou quem tava faltando! Agora, a dupla sertaneja Lelé e Da Cuca tá completa.

O porteiro mandou que todos entrassem. O Nildo e a Lelé foram os últimos.

Ela foi quem quebrou o silêncio. Comentou sobre o Arouca. Disse que o carinha era o maior estupor que tinha visto na vida. Não sabia como o Nildo aturava o menino pegando no pé dele sem parar.

– Se fosse eu, dava logo uma cortada – a Lelé falou.

– Foi o que fiz – o Nildo falou.

– Sério? – ela.

– Pode crer – ele.

E foram conversando assim, nesse pingue-pongue de linguagem de gente moça.

– E o que aconteceu? – ela.

– Me dei mal – ele.

– Mas ninguém te defendeu? – ela.

– Negativo – ele.

– Por quê? – ela.

– Sei lá eu! Acho que porque tenho bolsa – ele.

– Eu também tenho bolsa. Olha aqui!

Então a Lelé mostrou sua mochila. Os dois deram risada e foram pra classe.

Dali em diante, cada dia que passava iam se conhecendo melhor. Nos intervalos de aula, a Lelé ia pra cantina comer bolinho de bacalhau.

Às vezes, a Rosa fazia um lanchinho pro Nildo. Mas nos dias em que ele não levava nada, a amiga dava um jeito, que ele não sabia qual, e arranjava bolinho grátis.

Aquela amizade deles foi irritando o Marcos Arouca. Que graça tinha arreliar os dois, se nem davam mais bola? De vez em quando, o Arouca se juntava com o Luiz Otávio e voltavam a atacar o Nildo com a história da borboletinha.

Intrigada, a Lelé quis saber que negócio era aquele.

Daí o Nildo contou tudo, tintim por tintim.

Ela achou um absurdo. Um despautério. Afinal, que mal havia em um garoto usar tênis cor-de-rosa com borboletinha? Se ela inventasse de ir pra aula de chuteira, deixaria de ser a mesma pessoa?

Então a amiga perguntou:

— Mas, afinal, se fica tão nervoso cada vez que o Arouca faz gozação, por que você veio pra escola com o tênis rosa de borboleta; pra provocar?

O menino ficou vermelho. Não tinha intimidade com ela pra ir abrindo sua vida. Pra dizer que não tinha dinheiro pra comprar outro, que o tênis dele estava furado e usou o da vizinha!

– Fala, Ivanildo! – ela insistiu.

– Porque não tinha dinheiro pra comprar outro, o meu tava furado e eu usei o da minha vizinha – ele desembuchou.

A Lelé ficou matutando. Depois disse que se o Nildo não tinha outra saída, também não devia ter deixado o Arouca se meter no assunto. Não devia ter dado corda pra ele. Que caras daquele tipo adoravam pegar no pé de alguém. Iam lambuzando o selo, se colasse...

Ao voltar pra casa, na hora do almoço, o ônibus estava lotado. Lá da frente, veio vindo uma garota querendo passar no meio de todos os que estavam em pé, pra descer no próximo ponto. Vestia uma roupa toda colorida e um laço enorme nos cabelos. Todo mundo olhava, enquanto ela se espremia pra passar. Mas conseguiu e desceu no ponto desejado.

Fez Nildo lembrar da Lelé e do doutor Machado. Que não deixavam que a vida os levasse. Iam atrás do lugar aonde queriam chegar.

Pensativo, o Nildo caminhou até em casa. Não fazia a menor ideia, mas o reinado do Marcos Arouca estava por um fio.

CATORZE

O namoro da Marina com o Xande ia de vento em popa. Todas as manhãs, eles se encontravam no portão do edifício.

O Nildinho se retardou um pouco, naquele dia. Quando saiu, a Marina já havia ido embora, mas o Xande ainda esperava pelo pai dele.

Como o Nildo era menino educado, cumprimentou o inimigo número um.

– Oi, Xande.

– Oi, Nildão; não é hoje o pagode na laje do Gonzaga? – ele respondeu.

O menino estranhou a gozação do vizinho. Desde que namorava a Marina, nunca mais tinha feito aquilo. Pensou em ignorar e ir embora, mas, de repente, deu uma vontade de enfrentar o outro que só vendo! Estufou bem o peito e falou:

— Escuta aqui, Xande! De onde você tirou essa história de laje do Gonzaga? Eu não conheço nenhum Gonzaga e já estou de saco cheio das suas gozações. É bom parar por aqui.

O outro ficou embasbacado e deu o troco:

— Tomou mamadeira de espinafre hoje, foi, Nildão? Ficou fooooorte!

— Pode falar o que quiser, Xande. O que vem de baixo não me atinge mais. Daqui em diante, vai entrar por um ouvido e sair pelo outro. Vê se cuida da sua vida... E da Marina!

Aliviado, o Nildo bateu o portão e foi pro ponto do ônibus.

O vizinho só naquele momento lembrou da promessa que tinha feito pra namorada. Tava frito se o Ivanildo contasse pra Marina! O filho do zelador tinha perdido o medo dele. Não teria mais graça fazer provocação.

O Nildinho sacolejava no ônibus pensando onde estava guardada a coragem dele até aquele dia. Abriu a portinhola da imaginação:

Tive força pra enfrentar o Incrível Hulk porque todas as manhãs minha mãe prepara uma mamadeira de espinafre. Um dia tinha que ficar forte. É ou não é? Mas... Nem bati no Xande, nem nada. A força veio foi de dentro de mim. Se eu tivesse enchido a pança de macarronada, gelatina, moqueca de peixe, o efeito teria sido o mesmo.

E outras ideias foram tomando conta dos seus pensamentos:

Se enfrentei o Xande, por que não o Arouca? Quando chegar no colégio, vou dar um baita berro: Marcos Aroucaaaaa! Ele vai afundar a cabeça no chão, de tanto medo. Então vou dizer que nunca mais quero ouvir dele uma gracinha que seja. Nem pra mim nem pra Lelé. Ela é uma princesa! O bobalhão do Arouca vai beijar a mão dela e pedir perdão. Todos do colégio vão saber que ele é um medroso; e eu, Ivanildo de Souza Alves Sobrinho, estou prestes a me tornar príncipe.

O ônibus deu um solavanco, fazendo a realidade voltar. Nem ele mesmo entendeu por que pensou estar prestes a se tornar um príncipe. Mas estava. E de um jeito que ninguém merecia.

QUINZE

– Então tá fechado. Quanto mais gente for na balada, mais legal vai ser.

O Marcos Arouca dizia pra um grupo de colegas, no portão da escola, quando o Nildo chegou. O colega foi logo cumprimentando, dando tapinha no ombro e tudo.

O Nildinho até se espantou. O Arouca nunca tratava alguém daquela maneira cordial; muito menos ele. Parecia até que tinha lido seus pensamentos do ônibus.

– Foi bom você chegar, Ivanildo; eu e o Luiz Otávio estamos organizando uma baladinha pra próxima sexta. Tô fazendo a relação de quem vai. Você quer ir? – ele convidou.

O Nildo, cada vez mais espantado, perguntou onde ia ser.

O outro explicou que seria na casa dele mesmo. Os pais tinham viajado e liberado a casa, onde havia um bom salão de festas.

Talvez fosse uma porta se abrindo pra ele voltar a se dar bem com a turma da classe. Quem sabe o Arouca estivesse arrependido.

– Vou pensar – o Nildo respondeu.

E o Arouca insistiu. Disse que ele e a Lelé não precisam pagar nada; iam no rolo dos outros. Pediu pro Nildo convencer a amiga.

Ele ficou intrigado. Por que o Arouca mesmo não falava com ela?

Pelo sim, pelo não, o Nildo só conseguiu falar com a amiga no intervalo das aulas. Mas a Lelé nem deixou ele terminar o assunto. Foi logo dizendo que não ia e estava acabado. Que farejava alguma coisa errada no ar. Que o seu sexto sentido nunca se enganava. O Arouca insistindo pra eles irem numa festa, na casa dele e, ainda por cima, sem pagar?

O Nildo disse que também achava estranho. Mas, pensando melhor, o doutor Machado tinha conversado com ele e o Luiz Otávio. Quem sabe eles estivessem querendo pôr uma pedra no passado.

Mas a Lelé não arredou pé. Disse que não ia nem por decreto.

O Luiz Otávio chegou bem quando ela dizia isso.

– Pois eu se fosse você ia, Lelé. A casa do cara é um show. Ele tá no maior pique de receber a galera. Nem quer que você e o Ivanildo paguem, justamente pra não deixarem de ir – ele falou, todo simpático.

A Lelé ficou imaginando o que passava pela cabeça do Marcos Arouca e seu fiel puxa-saco Luiz Otávio. De onde tinham tirado a ideia de que ela era pobre? Será por que se vestia de modo diferente dos outros? Será por que se tornara amiga do Ivanildo?

– Se você não for, eu também não vou, Lelé – o Nildo disse.

O Luiz Otávio, aproveitou a chance e perguntou se a Lelé ia querer que o amigo perdesse a festa. Que até amanhã ele precisava fechar a lista dos que iam. Que ela pensasse melhor.

A amiga não tinha gostado nada, nada do que o Nildo dissera. Ficou até irritada. Disse que os dois não eram grudados. Se ele queria ir, que fosse.

O Nildo também se irritou com o comentário dela, que nunca tinha falado com ele daquele jeito grosso. Chamou o Luiz Otávio e mandou ele colocar seu nome na lista. Iria na festa do Arouca. Estava acabado.

Naquela tarde, quando saiu da escola, a Lelé é quem foi embora pensativa. Caminhou, rumo ao restaurante da

O outro explicou que seria na casa dele mesmo. Os pais tinham viajado e liberado a casa, onde havia um bom salão de festas.

Talvez fosse uma porta se abrindo pra ele voltar a se dar bem com a turma da classe. Quem sabe o Arouca estivesse arrependido.

– Vou pensar – o Nildo respondeu.

E o Arouca insistiu. Disse que ele e a Lelé não precisam pagar nada; iam no rolo dos outros. Pediu pro Nildo convencer a amiga.

Ele ficou intrigado. Por que o Arouca mesmo não falava com ela?

Pelo sim, pelo não, o Nildo só conseguiu falar com a amiga no intervalo das aulas. Mas a Lelé nem deixou ele terminar o assunto. Foi logo dizendo que não ia e estava acabado. Que farejava alguma coisa errada no ar. Que o seu sexto sentido nunca se enganava. O Arouca insistindo pra eles irem numa festa, na casa dele e, ainda por cima, sem pagar?

O Nildo disse que também achava estranho. Mas, pensando melhor, o doutor Machado tinha conversado com ele e o Luiz Otávio. Quem sabe eles estivessem querendo pôr uma pedra no passado.

Mas a Lelé não arredou pé. Disse que não ia nem por decreto.

O Luiz Otávio chegou bem quando ela dizia isso.

– Pois eu se fosse você ia, Lelé. A casa do cara é um show. Ele tá no maior pique de receber a galera. Nem quer que você e o Ivanildo paguem, justamente pra não deixarem de ir – ele falou, todo simpático.

A Lelé ficou imaginando o que passava pela cabeça do Marcos Arouca e seu fiel puxa-saco Luiz Otávio. De onde tinham tirado a ideia de que ela era pobre? Será por que se vestia de modo diferente dos outros? Será por que se tornara amiga do Ivanildo?

– Se você não for, eu também não vou, Lelé – o Nildo disse.

O Luiz Otávio, aproveitou a chance e perguntou se a Lelé ia querer que o amigo perdesse a festa. Que até amanhã ele precisava fechar a lista dos que iam. Que ela pensasse melhor.

A amiga não tinha gostado nada, nada do que o Nildo dissera. Ficou até irritada. Disse que os dois não eram grudados. Se ele queria ir, que fosse.

O Nildo também se irritou com o comentário dela, que nunca tinha falado com ele daquele jeito grosso. Chamou o Luiz Otávio e mandou ele colocar seu nome na lista. Iria na festa do Arouca. Estava acabado.

Naquela tarde, quando saiu da escola, a Lelé é quem foi embora pensativa. Caminhou, rumo ao restaurante da família, com uma só ideia na cabeça: estavam aprontando alguma coisa pra eles. Não era justo deixar o Ivanildo entrar no barco furado sozinho. Decidiu que depois do almoço ligaria pro Luiz Otávio. Tão interessado ele estava em convencer a Lelé de ir pra festa, que tinha dado o número do seu celular.

De noitinha, ligou pro Nildo.
– Resolvi ir pra festa, Ivanildo – ela disse.
– Que bom, Lelé! Pensou melhor sobre a coisa? – ele disse.
– Não. Pensei que não seria justo você entrar nesse barco furado sozinho.

– Fica fria; vamos pensar coisas boas: que a gente vai se divertir, ouvir música e, quem sabe, se fizer tempo bom, até dar um mergulho na piscina do Arouca. Vai ver o cara se arrependeu, ué. Não pode?

– Seu pai não vai encrencar? – a Lelé perguntou.
– Se é de graça, minha filha, ele não fala nada.
A Lelé acabou rindo.
– OK, Ivanildo; nos vemos amanhã.

Nada tirava da cabeça dela a desconfiança de que alguma coisa ruim rondava os dois.

DEZESSEIS

O menino cantarolava animado, enquanto tomava banho.
    A Rosa foi conversar coisas de mãe, na porta do banheiro. Quis saber quem ia trazer ele de volta pra casa.
    O filho respondeu que voltaria com o pai da Lelé.
    A mãe se preocupou. Pelo que o filho contava como ela era, como se vestia, a cor do cabelo dela, devia ser meio maluquinha. Mas ele tranquilizou a Rosa. Disse que a Lelé só tinha um jeito diferente de ser. Que a mãe ficasse sossegada.
    E a Rosa falou que sossegada não ficava. Não conhecia a menina nem o pai dela.
    O Nildo, saindo do banheiro com os cabelos molhados, abraçou a mãe e disse:

– Não conhece eles, mas conhece seu filho. Sabe que não ando com qualquer um. Se tô dizendo que são gente fina, é porque são, mãe.

Então ele penteou os cabelos negros, com esmero, passou perfume e tudo. Beijou a mãe e saiu.

A Rosinha ficou olhando, orgulhosa, o filho quase homem feito. O Chico dormia. Nem viu o menino sair. Tinha dado plantão, na noite anterior, cobrindo o porteiro noturno.

O combinado entre a Lelé e o Nildo é que se encontrariam na festa.

Ele chegou primeiro. Ao se deparar com o imponente muro da casa do Marcos Arouca, deu um frio na barriga. Pensou em voltar pra trás. Mas se o Arouca estava abrindo uma brecha pra a amizade dele, então não podia desistir. Criou coragem e apertou a campainha.

Como no edifício, o porteiro, dentro de uma guarita, perguntou o nome dele. Confirmou na lista de convidados e só então apertou o botão do portão automático.

O menino entrou.

Um jardim maravilhoso surgiu atrás do alto muro que separava a casa da rua.

Ele caminhou, encantado, por entre os arbustos.

E abriu outra vez a portinhola:

Isto aqui de dia deve ser maravilhoso! Quando eu tiver minha fazenda, vou fazer a entrada igualzinha a esta.

Não demorou muito, o Arouca apareceu.

– Vem pra cá, Ivanildo! A festa é aqui atrás – convidou, todo delicado.

O menino acompanhou o dono da casa até um salão de festas, onde já se encontravam vários colegas da classe.

– Show de bola a sua casa, Arouca! – o Nildo elogiou.

Pequenas mesas e cadeiras se espalhavam por todo o salão. Em um canto, um tal de DJ escolhia as músicas e cuidava da mesa de som. Em outro, dois copeiros ajeitavam os salgados e as bebidas.

No centro, pendurado no teto, um enorme lustre. Parecia uma daquelas bolas grandes e coloridas que são vendidas nos parques. O esquisito é que não vinha luz nenhuma dali; a iluminação do salão era toda embutida.

Meia hora se passou e o salão já estava lotado, quando a Lelé chegou. Ressabiada, cumprimentou o dono da casa, os demais e foi pro canto onde estava o Nildo.

– Tá vendo, Lelé? Não rolou nada de errado; tá tudo normal – ele sossegou a amiga, que se serviu de salgado e

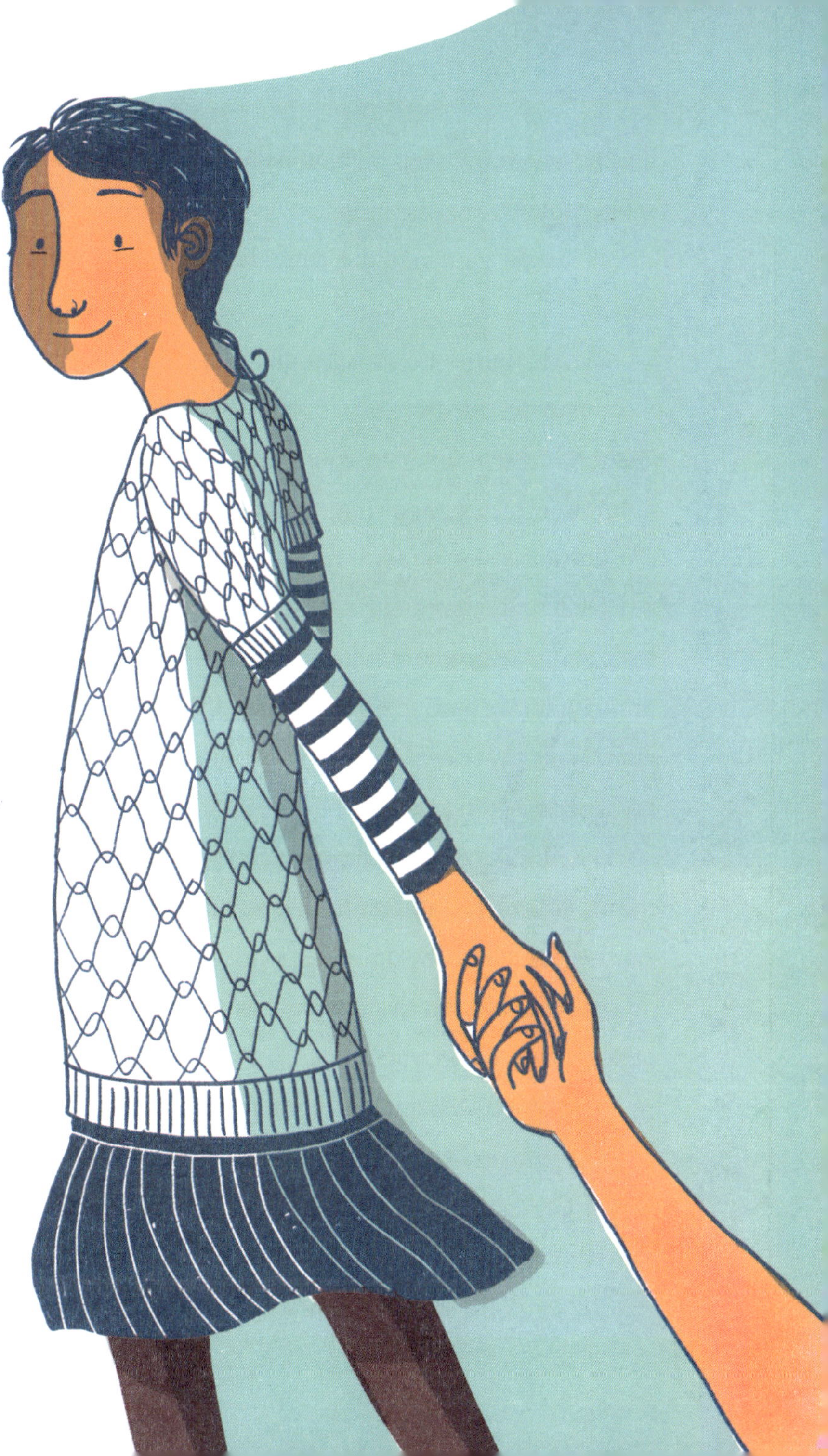

decidiu relaxar. Puxou o Nildo pela mão, foi pro meio do salão e falou:

– Já que você não me convida, eu convido. Vamos dançar!

Ele sentiu o coração bater que nem bumbo, de novo. Ficou parado, duro e mudo.

– Vai, Ivanildo! Vim aqui por sua causa, cara! – ela animou.

Os dois se embalaram no ritmo da música.

De uma hora pra outra, o Marcos Arouca foi indo pro meio do salão, com um banco nas mãos. Então parou próximo do lustre grande e pediu pro DJ interromper a música. Todo mundo ficou olhando pra ele, que subiu no banco e começou a falar.

– Senhoras e senhores, obrigado pela presença de todos na minha festa. Agradeço especialmente ao Ivanildo e à Lelé por terem vindo.

O Nildo piscou, orgulhoso, pra amiga. E o dono da casa continuou:

– Venham até aqui perto, por favor, Lelé e Ivanildo.

O Nildo deu a mão pra amiga e fizeram o que o outro pedia.

Ele disse:

– Pra provar que tô arrependido de todas as gozações que tenho feito com vocês, quero dar um presente. Abram espaço pro Ivanildo e a Lelé, gente!

Quando os dois chegaram ao centro do salão, bem embaixo do grande lustre, numa rapidez de mágico, o Marcos Arouca tirou do bolso um prego de ponta afiada e furou o lustre. Um mar de tinta azul caiu de dentro da bola sobre a Lelé e o Ivanildo.

– Agora, com sangue azul, vocês se transformaram em príncipe sapo e princesa mendiga. Divirtam-se, altezas! – o diabólico Marcos Arouca disse, curvando-se diante deles.

Que dó!

A Lelé e o Nildinho, cobertos de tinta azul, ficaram parados, feito estátuas, no meio do salão.

Os outros colegas, em vez de achar graça, silenciaram. Os empregados e o DJ não acreditavam no que viam. Mas não abriram o bico.

O dono da casa pediu música. Mas ninguém mais dançou.

Coisas e mais coisas passaram pela portinhola da cabeça do Nildo naquele instante:

Eu não devia ter vindo. A Lelé tinha razão. Este mundo não é pra mim. Eu nunca vou conseguir ser igual... E quem disse que eu quero ser igual? O Marcos Arouca é um doente, já vi tudo. A Lelé sim é uma princesa. De tão legal, de tão... O Arouca não merece nem passar perto dela. Ele não tem juízo. É um doente. Um doente. Um doente.

– Você é um doente, Arouca! – o Nildo gritou, de repente, com todos os pulmões.

O dono da casa, espantado, se aproximou e investiu.

– O que foi que você disse, ô... Tênis de Barbie?

– Disse que você é um doente – o Nildo revidou.

A Lelé apertou forte a mão do amigo. O toque das mãos dela fez o menino perder de vez o medo. Voltou a bombardear.

– Você é doente, Arouca. O que vem fazendo comigo e com a Lelé não é próprio de gente normal.

– Anormal é a tua mãe! – o outro berrou, fazendo o Nildo perder as estribeiras e agarrar o Arouca pelo pescoço.

– Cala a sua boca suja, Arouca! Não toca no nome da minha mãe!

A Lelé pediu pra ele soltar o outro, que estava com os olhos arregalados de susto.

– Você não respeita ninguém, Arouca – o Nildo continuou. – Acostumou a sempre encontrar um capacho que diz amém pra tudo o que você faz, que nem o Luiz Otávio.

– Parado aí, ô borbole... – O Luiz Otávio ia se defendendo, quando o Nildo mandou ele também calar a boca.

– Nem o Arouca nem você, seu paspalho, sabem lutar por um ideal. Não sabem o que é gostar de si mesmo nem o que é ser feliz. Não souberam nem inventar coisa nova pra fazer comigo e com a Lelé. Tenho certeza de que assistiram ao filme *Carrie, a estranha* e copiaram a cena da tinta caindo em cima dela; só mudaram a cor.

O dono da casa e o Luiz Otávio estavam mudos de espanto, bem como todos os presentes. E o Nildinho finalizou:

– Daqui em diante, seu reinado acabou, Marcos Arouca. Mesmo porque acabou de coroar a mim e a Lelé como príncipe e princesa.

Ao ouvirem aquilo, os colegas, até então calados, romperam em aplausos. Secretamente, ninguém mais aguentava a safadeza e a arrogância do Marcos Arouca.

Alguns alunos até ameaçaram partir pra cima dele, parecendo cair em si da barbaridade que tinham sido testemunhas.

Os empregados precisaram intervir pra acalmar os ânimos. O DJ parou a música. O Luiz Otávio, sem saber como agir, saiu do salão.

O Nildinho levou a Lelé pra cozinha, onde lavaram o rosto.

Então ela ligou pro pai ir buscar os dois.

Quando o homem chegou, dirigindo uma cabine dupla blindada e novinha, o dono da casa ficou com cara de besta.

O pai da Lelé vendo a filha e o amigo naquele estado, saiu dizendo que ia processar os pais do Marcos Arouca.

A caminho de casa, ao lado da Lelé, no carro do pai dela, o Nildo teve certeza de que a amiga era a melhor pessoa que já havia passado pela vida dele; depois do doutor Machado.

Nunca tinham dado nada por ela. Nem ela havia contado grandeza alguma. Deixava as pessoas falarem do seu jeito, das suas roupas, do seu cabelo e ia em frente, feliz.

E só coisas boas aconteceram depois daquela festa!

O doutor Machado convocou os pais do Marcos Arouca pra uma reunião. Falou que o filho precisava de tratamento e da presença deles ao seu lado.

A classe do oitavo ano passou a viver dias de alto--astral.

A amizade entre o Nildinho e a Lelé foi se estreitando, cada dia mais. Ele aceitou ir fazer um trabalho na casa dela, e ficou sabendo que eram donos de vários restaurantes, espalhados pela cidade. Inclusive eram eles que forneciam os salgados pra cantina do colégio. Por isso a Lelé conseguia os bolinhos de bacalhau de graça pra ele. Pegava da cantina, depois o restaurante repunha.

Ela também aceitou vir aqui. No dia em que veio e passou pela guarita com seu cabelo roxo e suas roupas espalhafatosas, o Chico se pôs a resmungar: que o mundo estava de pernas pro ar; que na terra dele não era assim. Que aquilo era coisa do demo.

Mas o Nildinho nem ligou. Ele era seu pai, se preocupava com ele e o amava, a seu modo.

A Rosa gostou da Lelé. Se o filho gostava, é porque a menina era boa pessoa.

Até a Hilda pôs uma dúvida na cabeça do irmão:

– Nido... Lelé?

FINAL

A primavera chegou florindo a cidade, o edifício e a vida do Nildinho.

O ano tinha voado.

Uma tarde, a Marina apareceu procurando pelo amigo. Vinha trazer o convite da sua formatura de nono ano. Como ele não estava, deixou com a Rosa.

À noite, recolhido no seu canto, o menino viu o convite.

**MARINA RAMOS MACHADO
E OS FORMANDOS DO
NONO ANO CONVIDAM PARA...**

Abriu de novo a portinhola e ficou imaginando:

Então aquele R no nome do doutor Machado é Ramos. Podia ser Marina Ramos Machado de Souza Alves. Olha que nome mais lindo! Mas vai ser Marina Ramos Machado Hulk. Como?, se o sobrenome do Xande nem é Hulk, pô! Fui eu que inventei. Também nem sei se ela vai casar com ele. E se casar pode não querer usar o sobrenome dele, ué! Hoje em dia, tem muita mulher que casa e fica com o mesmo nome. Eu pensei que ia morrer quando vi a Marina apertando a mão do Xande, naquele dia... E não morri, nada. Tô aqui, firmão. Passando pro nono ano, gatão que só eu!...Gatão e firmão que só eu!

O Nildinho não sabia se gostava da Lelé pra namorar, nem se ia entrar, da primeira vez, pra faculdade federal de agronomia. Muito menos se ia ter uma fazenda enorme, com a entrada da casa parecida com a do Marcos Arouca. Mas de uma coisa tinha certeza: caminhava firme e confiante pro futuro.

Contei, do jeitinho que vi acontecer, o que se passou numa época da vida do meu netinho Nildo.

Quando meu marido morreu, fiquei sem condição de permanecer no interior do Nordeste. Não tinha casa própria, nem aposentadoria, nem nada. Então vim morar com a minha filha Rosinha.

O Chico, como zelador, tinha direito a um apartamento de dois dormitórios, no andar térreo do prédio. Um quarto era pra ele e a Rosinha, o outro pro Ivanildo e a Hilda. Quando eu cheguei, ia dormir na sala, mas o Nildo logo foi dizendo que eu já era idosa, tinha deixado pra trás tanta coisa e não ia ter nem quarto? Que dava o quarto dele pra mim.

Fiquei tão comovida naquela dia! Que primor de menino era o meu neto!

Só que tive pena dele e não aceitei. Dormi na sala. Mas, na manhã seguinte, o Nildo veio com outra ideia: eu ficava no quarto dele, a Hilda ia pro quarto dos pais e dividiam um pedacinho da sala pra ele dormir.

O Chico, engenhoso que era, logo colocou o guarda-roupa do Nildo pra dividir a sala. Meu neto ficou com um espacinho de nada pra ele, mas feliz por me acomodar bem.

Então comecei nova vida aqui. Ajudando a Rosinha a fazer doces e bolos pra fora. E tive a enorme alegria de ver meu netinho Ivanildo crescer de tamanho e de coragem, se encher de força. Aprender a enfrentar sem medo as dificuldades e vencer, de pouco em pouco, cada parte do jogo duro que foi sua vida, naquela época.

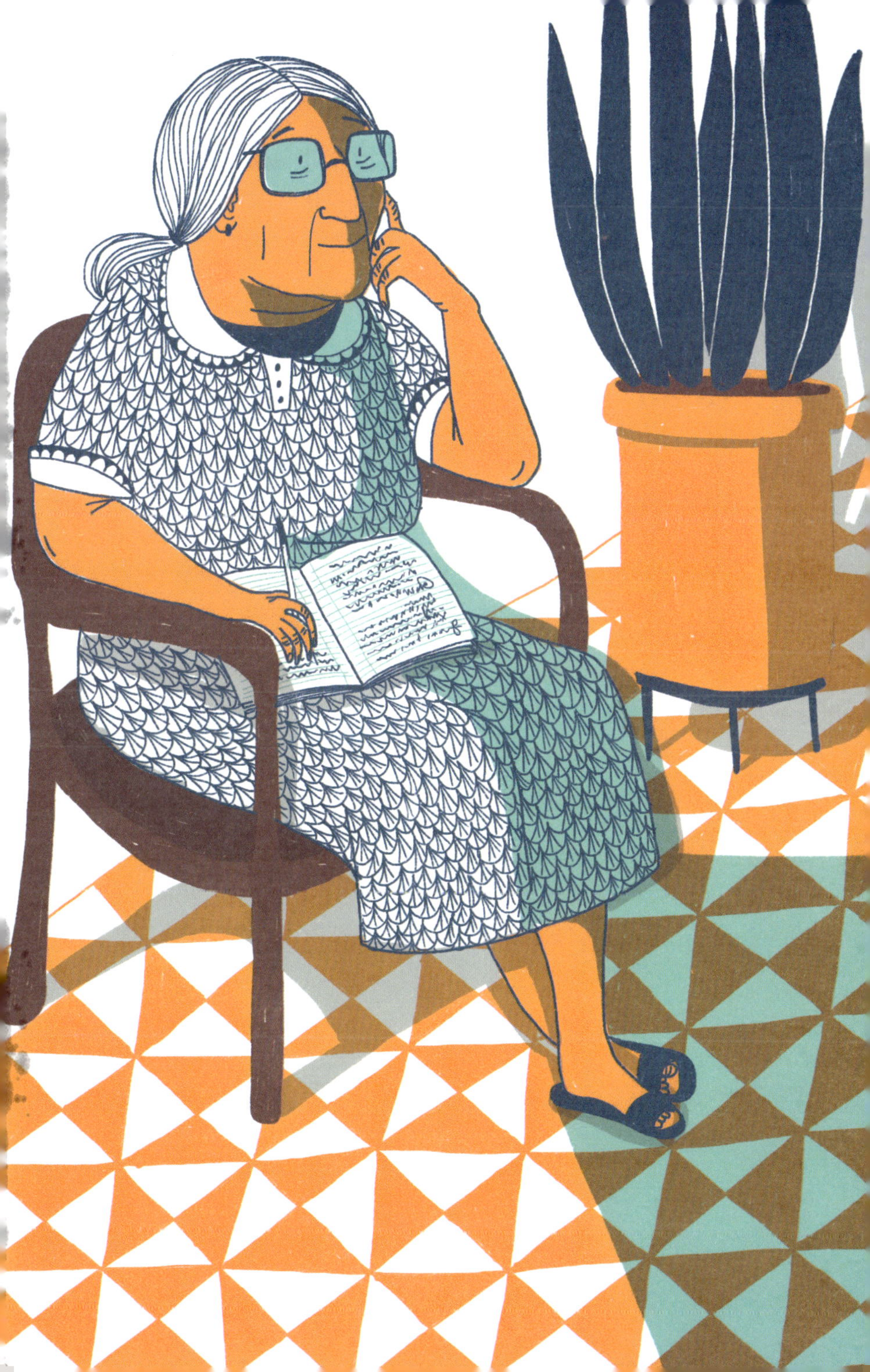

FILMES CITADOS NO LIVRO

• *Ponte para Terabítia*, 2007. (Classificação: livre).
— Dirigido por Gabor Csupo e baseado no livro de mesmo nome da autora Katherine Paterson.

• *Carrie, a estranha*, 2013. (Classificação: 16 anos).
— Dirigido por Kimberly Peirce e baseado no livro de mesmo nome do autor Stephen King.

ELIANA MARTINS

Anos atrás, o condomínio onde eu morava contratou um novo zelador. Vieram ele, a esposa e dois filhos. O menino já beirava seus treze anos. Logo vi que ele era diferente. Quando soube que eu era escritora, adorou. Vinha sempre conversar comigo sobre livros e filmes. Eventualmente, eu o via cabisbaixo. Não se adaptara à nova escola do bairro nem podia acompanhar a vida dos novos amigos do edifício. Foi a vida desse menino que me levou a escrever este livro. Uma história de lutas e descobertas: do amor, da amizade e, principalmente, de sua força interior.

VERIDIANA SCARPELLI

Nasci, moro e trabalho em São Paulo. Sou formada em Arquitetura e dei várias voltas até entender que na ilustração estava meu lugar. E percebi, um pouco como o Nildo, que descobrir nosso lugar dentro da gente nos faz pertencer a todos os lugares e ter muito mais força pra enfrentar o jogo da vida, que pode, tantas vezes, ser bem duro mesmo. Isso foi lá em 2007. Desde então, ilustro jornais, revistas e livros e, em 2012, lancei meu primeiro livro como autora – *O sonho de Vitório* (editora Cosac Naify).

Este livro foi composto com a família tipográfica
Chaparral Pro, para a Editora do Brasil, em maio de 2015.